세상에
꽃 그저피는
꽃은 없다
사랑처럼

_____ 님께

행복을 함께 나누고 싶어

_____ 드림

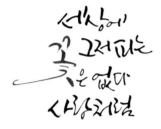

초판 1쇄 발행 2020년 1월 11일
3쇄 발행 2022년 12월 1일

지은이 윤보영 · 발행인 권선복 · 편집 권보송 · 디자인 김소영 · 전자책 서보미
마케팅 권보송 · 발행처 도서출판 행복에너지 · 출판등록 제315-2011-000035호.
주소 (157-010) 서울특별시 강서구 화곡로 232 · 전화 0505-613-6133 · 팩스 0303-0799-1560 ·
홈페이지 www.happybook.or.kr · 이메일 ksbdata@daum.net

값 13,500원

ISBN 979-11-5602-759-1 (03810)

도서출판 행복에너지는 독자 여러분의 아이디어와 원고 투고를 기다립니다. 책으로 만들기
를 원하는 콘텐츠가 있으신 분은 이메일이나 홈페이지를 통해 간단한 기획서와 기획의도,
연락처 등을 보내주십시오. 행복에너지의 문은 언제나 활짝 열려 있습니다.

세상에 그저 피는 꽃은 없다 사랑처럼

윤보영 시집

도서 출판 행복에너지

사랑 우산

사랑으로
우산을 만들겠습니다.

만든 우산을
당신에게 선물하겠습니다.

외로움도 가리고
슬픔도 가리고,

힘듦도 가리고
아픔도 가릴 수 있는,

비가 오나
눈이 오나

햇볕 좋은 날에도
늘 쓰고 다닐 수 있게
사랑으로 만들겠습니다.

그 우산
당신에게 드리겠습니다.

당신은
당신은 이미 나의 우산입니다.

사랑 우산처럼 앞으로도 많은 분들이 행복한 일상을 살아가는 데 이 시가 우산 같은 역할을 했으면 좋겠습니다. 고맙습니다.

2019년 12월
저절로 웃음이 나와 더 행복한
경기도 광주 '이야기터 휴(休)'에서 **윤보영**

contents

제3장

너를 기다리며

제4장 사랑 우산

제5장 행복 레시피

제1장

사랑의 깊이

커피

커피에
설탕을 넣고
크림을 넣었는데
맛이 싱겁네요
아 —
그대 생각을 빠뜨렸군요.

사랑의 깊이

단추

단추를 달다가
무슨 생각을 했는지 아니?
단추가 너였다면
내 마음에 달았을 텐데.

네 잎 클로버

들판에서
네 잎 클로버를 찾은 적이 있지요
하지만 지금은
마음에서 찾고 있습니다
그대 생각이
행운이니까요.

사랑의 깊이

사랑의 깊이

사랑의 깊이가 궁금해
마음에 돌을 던진 적이 있었지요
지금도 그대 생각만 하면
가슴이 뛰는 걸 보니
그 돌, 아직도
내려가고 있나 봅니다.

글을 읽다가

똑같은 내용의 글을
몇 번이나 읽어도
무슨 내용인지
도무지 알 수가 없습니다
이상하다 싶어 내 마음을 보니
엉뚱하게
그대 생각을 하고 있었군요

사랑의 깊이

어쩌면 좋지

자다가 눈을 떴어
방 안에 온통 네 생각만 떠다녀
생각을 내보내려고 창문을 열었어
그런데
창문 밖에 있던 네 생각들이
오히려 밀고 들어오는 거야
어쩌면 좋지?

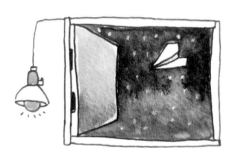

첫눈

첫눈이 내립니다
얼른
눈부터 감았습니다
내 안의 그대 불러
함께 보고 싶어서.

창문

내 마음에
창문을 냈습니다.

그대 오는 모습을
빨리 보고 싶어서.

너

예쁘다
아름답다
지적이다.

멋있다
우아하다
상큼하다.

네가 그렇다
너를 보니 사실이다.

사랑의 깊이

꽃과 당신

꽃과 당신의 차이점은
둘 다 예쁘다는 것입니다
그러나 꽃은 잠시 피었다가 지지만
그대는 늘
내 마음에 남는다는 것입니다.

그대가 오는 소리

내 가슴에
귀를 대 봐요.

꽃 피듯 다가와
그리움으로 머무는 그대.

사랑의 깊이

텃밭

마음 한자리에
텃밭을 일구었지요.

사람들이야
고추며 상추를 심겠지만
나는
그대를 심겠습니다.

장미꽃

담장에 핀
장미꽃을 보다가
깜짝 놀랐습니다.

왜
당신이
여기 와있지?

사랑의 깊이

안경

사람들은
가까이
더 자세히 보고 싶어
안경을 쓰고.

그대 그리운 나는
가까이
더 자세히 보고 싶어
눈을 감는다.

좋아하는 이유

너는 커피를 좋아하고
나는 그런 너를 좋아하고.

사랑의 깊이

콩깍지

콩깍지가 씌면
보이는 게 없다고 했지요
그대 생각 가득한 나는
콩깍지가 아니라
콩밭입니다.

선물

"사랑합니다"
자기 전에 이 말을
곱게 포장했습니다
꿈속에서 만나면
그대에게 주기 위해.

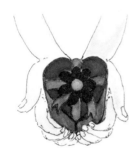

사랑의 깊이

빈 엽서

나 죽거든
빈 엽서 한 장 묻어주오
죽어서도 그리워한다는
편지를 적게.

그대가 있어 더 좋은 하루

그대를 잠깐 만났는데도
나뭇잎 띄워 보낸 시냇물처럼
이렇게 긴 여운이 남을 줄 몰랐습니다.

보고 있는데도 보고 싶어
자꾸 바라보다
그대 눈에 빠져나올 수 없었고
곁에 있는데도 생각이 나
내 안에 그대 모습 그리기에 바빴습니다.

그대를 만나는 것이
이렇게 좋을 줄 알았으면
오래전에 만났을 걸
아쉽기도 하지만
이제라도 만난 것은
사랑에 눈뜨게 한 아름다운 배려겠지요.

걷고 있는데도 자꾸 걷고 싶고
뛰고 있는데도 느리다고 생각될 때처럼
내 공간 구석구석에 그대 모습 그려 놓고
마술 걸린 사람처럼 가볍게 돌아왔습니다.

그대 만난 오늘은
영원히 깨기 싫은 꿈을 꾸듯
아름다운 감정으로 수놓은 하루.

그대를 위해

힘들지?
내 어깨에 기대어 볼래?
내가 언덕이 되어 줄게
언덕에 나무 한 그루 심고
그늘까지 주고 싶어.

사랑의 깊이

쉼터

내 마음에
정자 하나 만들었습니다.

구름도 쉬어가고
바람도 쉬어가고
하지만
정말 쉬어가게 하고 싶은 건
그대입니다.

오늘 같은 날에는

오늘 같이 비가 내리는 날에는
찻잔을 들고 창가에 기대선다
빗속에서 걸어 나온 그대가
품속에 그리움으로 담기면
내 안에도 비가 내려
빗속을 걷고 있는 그대를 만난다
비에 젖은 옷은 말릴 수 있지만
그리움에 젖은 마음은 말릴 수 없는 것
아- 오늘 같이 비가 내리는 날에는
빗속을 걸어 나온 그대와 내 안을 걷고 싶다.

오늘 같이 그대가 보고 싶은 날에는
생각을 멈추고 차 한 잔 마신다
찻잔 속에 어린 그대가
품속에 사랑으로 담기면
내 안에도 그리움이 쏟아져

그대 향해 다가가는 내가 보인다
쏟아진 그리움에는 마음이 젖지만
젖은 채로 그리워하며 지내야 하는 것
아– 오늘 같이 그대가 보고 싶은 날에는
생각 속을 걸어 나온 그대와 차를 마시고 싶다.

밑 빠진 독

그대 생각
담아도 담아도
끝이 없는 걸 보니
내 그리움은 언제나
밑 빠진 독인가 봅니다.

사랑의 깊이

좋은 사람

나는, 커피를
좋아하는 사람이 좋다.

나는, 커피를
즐기는 사람이 좋다.

나는, 커피를
느낄 줄 아는 사람이 더 좋다.

그러나 가장 좋은 사람은
나와 함께
커피를 마시자고 하는 사람이다.

당신을 만났으면 좋겠습니다

오늘은
당신을 만나고 싶습니다
늘 가슴에 담고 그리워만 했는데
오늘은 그대를 만났으면 좋겠습니다.

그대를 만나
달빛 고운 냇물을 건너
당신과 자작나무 숲길을 걷고 싶습니다.

언젠가 그런 날이 오겠지
언젠가는 만날 날이 있겠지
궁금한 만큼 더 멀리 있는 당신!
오늘은 당신을 만나러 가고 싶습니다.

강물이 가로놓일 수 있고
태풍이 막아설 수 있겠지만
이리도 간절한데

당신을 만날 수 있었으면 좋겠습니다.

깊은 물과 강한 바람도
당신이 보고 싶은 오늘은
간절한 그리움을 막을 수는 없습니다
두 눈에 담을 수 있게 만나고 싶습니다.

어쩌면 나처럼
나만큼 그리워하고 있을 당신!
오늘은 내 그리움의 주인인
당신을 만났으면 좋겠습니다.

제2장

가슴별 하늘별

어둠

어둠, 너는
얼마나 큰 붓을 가졌기에
세상을 다 지우고
내 사랑하는 사람
얼굴 하나만 그려 놓았니?

가슴별 하늘별

참 좋은 아침

조용한 아침입니다.

내 안에
덩굴장미처럼 피어나는
그대 생각을
가슴에 꽂았습니다.

꽃 속에 꽃
미소 짓는 그대를 보면서
기분 좋게 하루를 엽니다.

비에게

비야!
표정 없이
세상만 씻지 말고
내 안에 내려
그리움 좀 씻어 줄 수 없니?

너무 아파서 그래.

가슴별 하늘별

마음의 문

잠을 청하기 전
내 마음에
문을 열어 둡니다.

그대가 왔다가
문이 잠겨
돌아갈까 봐.

향기로 적은 편지

눈빛 고운 이여!
오늘도 차 한 잔 앞에 두고
그대에게 향기로 편지를 적었습니다.

보고 싶어 힘은 들었지만
애틋한 그리움을 펼쳐놓고
생각나는 대로 적어 보냈습니다.

봄 산 뻐꾸기 소리에 실려
무성한 여름과 가을이 가고
다시 겨울이 와도 쉬지 않고 적은 편지!

먼저 보낸 편지가 답이 없듯
오늘 보낸 편지가 답이 없어도
다시 편지를 적게 되는 것은
내가 아직도 그대를 좋아하기 때문입니다.

좋아했던 여운이 내 안에 깊게 남아
한 세월 흐른 지금도 보고 싶어 하고
이런 나를 내가 사랑하기 때문입니다.

추운 날은 추운 대로 그립고
더운 날은 더운 대로 보고 싶은
향기 나는 당신!

그립게 만들려면 만들라지요
그리울 각오하고 나는 내일도
오늘처럼 당신에게 편지를 적겠습니다.

바람편에 편지를 보내두고
지금도 사랑할 수 있는 것에 감사하며
행복한 미소를 짓겠습니다.

아픈 사랑

때로는 내 안에
그대 생각 담고 사는 것이
짐이 되기도 하지만
잠시도 내려놓을 수 없었습니다
내려놓는 순간
더 아픈 짐을 져야 할 것 같아서.

가슴별 하늘별

글쎄 내 안에

빼꼼!
내 안을 들여다봤어.

그런데
글쎄
너는 없고 나만 있는 거야
너를 생각하고 있는 나만.

편지

강아지풀 입에 물고
언덕에 누웠더니
하늘 한 줌 내려와
마음에 담기네.

읽고 또 읽고
낯익어 다시 보니
그대에게 적어놓은
그리움이었네.

가슴별 하늘별

가슴별 하늘별

별은
하늘에서 따와
가슴에 달아야 빛이 나고.

그대는
내 안에서 꺼내
하늘에 달아야 빛을 내고.

선물

자
받아
사랑이야.

안에
행복 들었어.

자신감

네 생각
한 트럭 보내봐라.

내가
많다고 하나.

날씨 연가

그래
날씨야
네 마음대로 해라.

어차피 나는
지금처럼 커피 마시면서
좋아하는 사람 생각이나
실컷 할 테니까.

가슴별 하늘별

들꽃

마음이 아름다운 꽃은 보았지만
생각마저 아름다운 꽃은 처음입니다
송이송이 내 가슴에 들어와
그리움으로 피는 그대!

황홀한 고백

당신이 있어서
내가 더 빛나는 것을 고백합니다.

들꽃처럼 스쳐 지나치며
눈길 한 번 머물러 주지 못했던 당신!

들꽃을 자세히 보고
당신이 아름답다는 것을 알았습니다.

당신은 들꽃을 닮았습니다
누군가 봐주어야 아름다운 꽃!
당신은 이미 아름다운 사람이었습니다.

마주치는 눈빛에 향기가 납니다
막막한 내 가슴에 애틋함으로 스며들고
텅 빈 가슴에 들길을 올려놓았습니다.

노을 지는 언덕에 길을 내려놓고
당신과 어울리는 꽃을 심겠습니다
냇물이 흐르게 하고
휴식을 줄 자작나무도 심어야겠습니다.

그 길로
당신을 생각하며 걷겠습니다
내가 더 당신을 사랑하며 살겠습니다.

그래서 마시는 커피

세상에
어떻게 커피가
한 가지 맛일 수 있어?

마시는 커피마다
어떻게
그대 생각만 날 수 있어?

언젠가 그날

늘 가까이 있어도 보고 싶은 게
사랑이라면
멀리 있어도 생각나는 것은
그리움 아닐까요
나는 차라리
그리움을 택하렵니다.

언젠가 만날 수만 있다면.

너였니

너니
너였니?

이리 고운 모습으로
내리는 눈이!

내 가슴에
눈길까지 내가며
더 보고 싶게 만드는
이 눈이!

구절초 연가

구절초꽃이
'네 얼굴이다' 했더니
맑다
한없이 맑다.

구절초 향기가
'네 생각이다' 했더니
깊다
한없이 깊다.

지우개

지우개로
글씨를 지우면
종이가 남지만,

그리움으로
내 일상을 지우면
그대 얼굴이 남는다.

가슴별 하늘별

마음속에

나를 봐요
보이지 않지요?
그래요
나는 늘
그대 마음속에 있으니까.

풍경

처마 끝 풍경에
그대 생각 달았다가
혼났습니다.

그립다
그립다
밤새 울려서
기분 좋아 혼났습니다.

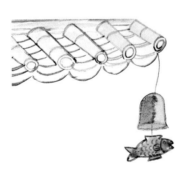

가슴별 하늘별

시골에서

당신 생각 방해한
파리를 꾸짖었더니
두 손 모아 비는군요
어떻게 할까요.

소리와 느낌

나는
파도 소리를 듣기 위해
바다에 귀를 기울이고.

바다는
그대 그리움을 느끼겠다며
내 가슴에 귀를 기울이고.

가슴별 하늘별

기차역

달리던 기차가
잠시 중간역에 멈추었습니다.

옆에 앉았던 사람이 내리고
새로운 사람이 탔습니다.

잠시 멈추었다, 출발하는
기차를 보고 알았습니다.

그리움에
그대 생각, 내려놓을
역이 없어 다행이란 사실.

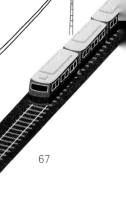

'억수'로

가뭄 끝에
억수로 쏟아지는 비.

억수로
보고 싶은 그대!

둘 다
기다림이 있어
'억수'로 좋다.

가슴별 하늘별

별 그리고 사랑

별이 무리 지어 나왔습니다
별 밭이 되었습니다
달이 가까이서 뜨고
달빛 따라 별이 길을 만들었습니다
그 길로 별을 닮은 그대가 옵니다.

별이 쏟아집니다
별 많은 저 하늘
내 가슴이었으면 좋겠습니다
가슴 가득 그대 생각을
별로 달아 놓고
어디선가 그대가 볼 수 있게.

하늘의 별을 따고
그 자리에 그대 모습을 달았습니다
그리울 때마다 늘 볼 수 있게
생각별로 달았습니다

그대가 보고 싶은 날은
그리움 속으로 들어가 별이 됩니다
어디선가 보고 있을
그대를 생각하며 깜빡입니다
새벽까지 머물기도 합니다.

꿈속에서 만난 그대
그리움 속으로 들어가
별이 되었다고 했습니다
그때부터 커다란 별 하나가
내 가슴에 반짝이고 있습니다.

그대는
웃을 때마다 행복을 주는 별
그래서 많이 웃어야 합니다
그대를 보고 사람들이 행복을 얻게
늘 웃었으면 좋겠습니다.

하늘에 떠서
가슴에 떠서

날마다 행복을 주는 별
그대는
그대는 나의 별!

제3장

너를 기다리며

은행나무 숲

곱게 물든
은행나무 길을 걷다가
그리움만 줍고 왔습니다.

사랑도 지나치면 병이 된다지만
솔직히 고백하면
오늘
나도 그 병에 걸리고 싶더군요.

너를 기다리며

비 내리는 아침

너를 기다리고
비를 기다렸는데
비가 먼저 왔다

그래도 다행이다
비에
네 생각 담겨서.

그루터기

기다림은
그루터기라 했지요
하지만 어쩌죠?
그루터기라면
그리움을 잘라야 하는데
난 아직 그대를
내 안에 잘 가꾸고 있으니.

촛불

외로움을 달래던 촛불이
울컥 눈물을 쏟습니다.

너무 애절한 내 마음을 보고
도저히 참을 수 없었나 봅니다.

꽃구경

꽃구경 다녀왔다 했지요?
그럼 꽃을 구경할 때
웃는 꽃을 보았겠네요.

제가 당신보다 먼저 달려가
꽃으로 피었다가
따라다니며 웃었거든요.

너를 기다리며

다행

어젯밤
비 내리는 창가로 가
창문을 열었어.

그런데 글쎄
비가 마음까지 열라는 거야.

비를 보고 있다가
네가 너무 보고 싶어서
하마터면 열어줄 뻔했어.

곁에 둔 사랑

나는 사랑을 잃어버렸습니다
잃어버린 사랑을 찾을 생각도 없이
사막 하나 앞에 두고 막막하게 보냈습니다
그런 내가 사랑을 하게 되었습니다.

닫힌 마음이 차례로 열리고
마른 나무에 새싹이 돋았습니다
아직은 살아 있는 나를 만났습니다.

어두운 가슴에 별이 나오고
아름다운 사람들 가운데 내가 보입니다.

일상에 나를 묻고
지금도 무덤덤하게 살고 있을 내가
아름답다는 소리를 듣고 있습니다.

너를 기다리며

사랑을 모를 때는
다 그렇게 사는 줄 알았습니다
그렇게 살아가야 하는 줄 알았습니다.

바람을 바람으로 느끼고
꽃을 꽃으로 볼 수 있는 다른 세상이 있었는데
그 세상을 보지 못하고 지나칠 뻔했습니다.

내가 나를 사랑하고부터
내가 사랑받고 있다는 것을 알았습니다
사랑하고 있는 나는 행복합니다.

사랑 커피

커피를
마실 때마다
기분이 좋은 이유!

궁금하면
커피에, 나처럼
좋아하는 사람
생각 좀 넣어볼래?

너를 기다리며

들꽃 앞에서

참 곱다
참 아름답다
참 좋다.

바보처럼
말 한마디 못 했습니다.

당신 앞에서
너무 예뻐 아무 말 못 했던
그때 그 바보처럼.

당신이 보고 싶은 날은

비가 오면 비가 오는 대로 그립고
맑은 날은 맑은 대로 그리운 당신,
오늘 아프도록 보고 싶습니다.

볼 수 없는 마음을 알고 있다는 듯
구름은 먼 산을 보고 지나가고
바람도 나뭇잎만 흔들며 지나갑니다.

그리움이 깊어져
보고 싶은 마음까지 달려 나와
이렇게 힘들게 합니다.

힘들어도 참아 내는 것은
당신을 볼 수 있는 희망이 있고
만날 수 있다는 바람 때문입니다.

너를 기다리며

날마다 그리울 때는
그리움으로 달래고
보고 싶을 때는
보고 싶은 마음으로 달랩니다.

비가 내리는 오늘
당신이 많이 보고 싶습니다
그런 당신이 내 마음속에 있어
나는 참 행복합니다.

내가 하고 싶은 사랑은

사랑을 하고 싶다
눈이 맑은 사람을 만나
결 고운 사랑을 하고 싶다.

가슴 가득 아름다운 사연을 담고 사는
달빛 같은 사람을 만나고 싶다
은사시 나뭇가지 끝에 부는
산들바람 같은 사랑을 하고 싶다.

내 시선이 고정되어도 좋을
감동을 주는 사람을 만나고 싶다
끝이 어딘지 몰라도 될
꿈길 같은 사랑을 하고 싶다.

바라만 봐도 좋아
가슴 뛰게 하는 사람을 만나고 싶다
좋아해도 미안한 마음이 들지 않는

아름다운 사랑을 하고 싶다.

버릇처럼 다짐만 했던 사랑!
이런 사람을 만나
가슴 찡한 사랑을 해 보고 싶다.

동화 같은 사랑의 주인공이 되고 싶다
만날 날을 기다리며
허둥대는 사람이 되고 싶다.

행복 선물

아세요?
내가 그대를
그리워하고 있는 것.

아세요?
내가 그대를
보고 싶어 하는 것.

둘 다
그대가 준 선물이고
둘 다
그대에게 받은 선물이라는 것!

꽃길 걷듯

꽃길을 걷듯
그대와 걷기 위해
내 안으로 들어섰습니다.

내 안에
웃음꽃이 만발했습니다.

사랑도
꽃길 걷듯 해야겠습니다.

맑은 하늘

저기 저 하늘에
커피를 타서
너에게 주고 싶어.

네가 마시는 모습만 봐도
내 마음이
하늘빛으로 변할 것 같거든.

너를 기다리며

이유 없는 이유

있잖아요
그것 아세요
내가 그대를 좋아하는 이유!

처음에는
이유가 있었는데
지금은 없어요
아니 모르겠어요.

너무 좋아
이유를 잊어버렸거든요.

너를 기다리며

누군가를 몰래 들어오게 할 때는
문을 살짝 열어두잖아
너를 기다리는 내 마음도
활짝 열어 두었어.

어차피 내 안에 들어올 사람은
너밖에 없고
보는 사람도 나밖에 없으니까.

마음에 적은 편지

별빛을 눈에 담으니
그리움이 되고
달빛을 가슴에 담으니
외로움이 됩니다.

당신을 마음에 담는데
웬 눈물만 쏟아지는지.

사랑합니다

사랑합니다
멋진 당신을 사랑합니다
그리고 보면
우리 참 부지런히 달려왔습니다.

되돌아볼 여유도 없이
앞만 보고 바쁘게 살아왔습니다.

오다 보니
내 곁에 당신이 있습니다
내가 여기까지 올 수 있었던 것도
알고 보니 당신이 있어서 가능했습니다.

나를 앞세우고
밀고 당기면서
이곳까지 오느라고 고생 많았습니다.

너를 기다리며

하지만 이제부터는
나도 당신을 밀고 당기면서 가겠습니다
사랑하며 가겠습니다.

아플 때도 있었고
내 고민을 나누면서
함께 힘들어해 줄 때도 있었지만
이것마저 소중한 추억이 되고 있습니다

사랑합니다
내 영원한 친구
가슴 따뜻한 당신을 사랑합니다.

새벽에

이른 새벽
자리에 누워
그대 생각 많이 할 수 있는 것은
다른 생각들이 아직
자고 있기 때문입니다.

너를 기다리며

비와 그리움

비를 따라
그리움이 내립니다.
우산을 준비할까요.

아니면
그대 생각을 준비할까요.

지금처럼

차 한 잔을 마셔도
문득
먼저 생각나는 사람이
당신이었으면 좋겠습니다.

지금처럼
그리고
늘.

너를 기다리며

마음밭

감자를 캐듯
그리움을 캐면
끝없이
그대 생각만
주렁주렁 달려 나오겠지.

내 마음 밭에는.

어떻게 하지

비가 오면
그대 생각이 더 간절한데
내일은 진짜 비가 온다고 했어.

지금도 이렇게 보고 싶은데
내일은 어떻게 하지.

너를 기다리며

먼지

너도 나처럼
그리운가 보구나
창틀에 앉아
쏟아지는 비를
보고 있는 걸 보면.

가슴에 내리는 비

비가 내리는 군요
내리는 비에
그리움이 젖을까 봐
마음의 우산을 준비했습니다
보고 싶은 그대.

오늘같이
비가 내리는 날은
그대 찾아갑니다
그립다 못해 비가 됩니다.

내리는 비에는
옷이 젖지만
쏟아지는 그리움에는
마음이 젖는군요
벗을 수도 없고
말릴 수도 없고.

비 내리는 날은
하늘이 어둡습니다
그러나 마음을 열면
맑은 하늘이 보입니다
그 하늘
당신이니까요.

빗물에 하루를 지우고
그 자리에
그대 생각 넣을 수 있어
비 오는 날 저녁을 좋아합니다
그리움 담고 사는 나는.

늦은 밤인데도
정신이 더 맑아지는 것을 보면
그대 생각이 비처럼
내 마음을 씻어주고 있나 봅니다.

비가 내립니다
내 마음에 빗물을 담아

촉촉한 가슴이 되면
꽃씨를 뿌리렵니다
그 꽃씨
당신입니다.

비가 오면
우산으로 그리움을 가리고
바람 불 때면
가슴으로 당신을 덮습니다.

비가 내립니다
빗줄기 이어 매고
그네 타듯 출렁이는 그리움
창밖을 보며
그대 생각하는 아침입니다.

내리는 비는
우산으로 가릴 수 있지만
쏟아지는 그리움은
막을 수가 없군요

너를 기다리며

폭우로 쏟아지니까요.

비가 내립니다
누군가가
빗속을 달려와
부를 것 같은 설레임
내 안의 그대였군요.

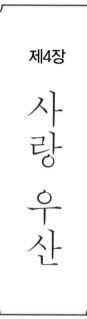

제4장

사랑 우산

사랑은 이런 거야

갑자기 하늘에서
행복이 떨어진다면
모두 너에게 줄 거야.

너의 행복이
곧 나의 행복이니까.

사랑 우산

좋아하는 꽃

세상에서
제일 좋아하는 꽃은
내 가슴에 활짝 핀
'그대'라는 꽃입니다
지지 않고 늘 피어 있는.

남겨둔 마음

그대 곁을 떠나도
마음은 남겨 두겠다 했지요
한세월이 지나도
이렇게 그리운 걸 보면
그대 곁에 남겨 둔 내 마음은
변함없나 봅니다.

반달

온전한 달이
반쪽만 보이는 것은
나머지 반쪽을
그대가 보고 있기 때문일 거야.

그대는 꽃

늘
그대는 꽃입니다.

내 안에 피어
나에게
향기 나게 해 주는
참 좋은 꽃!

사랑 우산

사랑 맛

사랑이 싱거우면
보고 싶음을 더 넣어 보세요
그래도 싱거우면
간절함을 넣어 보세요.

입가에 미소가 일걸요.

행복

사랑은
받는 것보다
주는 것이 더
행복하다고 했지요.

그래서 내가
행복한가 봅니다.

호수

그대 보내고 난 뒤
아무 일 없었던 것처럼
덤덤하게 지내기가 힘들었어요.

남들이 보기에는
잔잔한 호수처럼 보였어도
호수에 담긴 물이
내 그리움인 줄은
아무도 모르잖아요.

사랑 우산

사랑으로
우산을 만들겠습니다.

만든 우산을
당신에게 선물하겠습니다.

외로움도 가리고
슬픔도 가리고,

힘듦도 가리고
아픔도 가릴 수 있는,

비가 오나
눈이 오나
햇볕 좋은 날에도
늘 쓰고 다닐 수 있게
사랑으로 만들겠습니다.

그 우산

당신에게 드리겠습니다.

당신은

당신은 이미 나의 우산입니다.

발렌타인데이

사람들은, 오늘
초콜릿을 선물 받고 싶겠지만
나는 네 마음을 받고 싶어.

세상에서
이보다 더 소중한 것은 없으니까.

사랑 우산

화이트데이

눈을 감아 볼래?
그리고
가슴을 살짝 열어봐
방금
사탕보다 달콤한
내 마음을 두고 왔어.

보고 싶고 줄 수 있는
네가 있어 나는 행복해!

가끔은 커피

가끔은 커피가
진할 때가 있잖아요
그래도 괜찮아요
그대 미소를 넣으면
부드럽게 되니까요.

가끔은 커피가
싱거울 때도 있잖아요
그래도 괜찮아요
그대 생각을 넣으면
진하게 되니까요.

어머니와 베개

어머니가 베개를 주셨다
"이거 베고 자면 몸에 좋단다!"
순간 '또 사셨구나'
그 생각이 먼저 들었다.

가끔 어머니를 만나면
수저나 그릇 세트
작은 항아리까지 주시곤 하셨다.

그때마다
"이런 것은 사용도 못 해요!"
마음 불편한 말을 해드렸었는데.

오늘 보니 허리가 더 굽었고
걸음도 불편해 보이는 어머니!
베개를 사서 우리를 기다리는 마음이
허리와 다리 통증까지

잊게 했을지 모른다는 생각이 들었다.

"우리 엄마 베개 사셨네!"
내가 좋아하는 모습을 보고
마음이 놓였는지 아이처럼 웃는 어머니!
'우리 엄마 참 예쁘다!'

어머니와 얘기를 나누다 일어서는데
베개를 받아 준 게 고마운지
보내고 난 뒤 허전함 때문인지
내 걱정은 말라는 어머니 눈에
눈물이 맺혔다.

이 선물도, 앞으로
몇 번을 더 받을 수 있을까
나이 드신 어머니를 남겨두고
돌아서는 내 눈에도 눈물이 났다.

잘 살고 계셔서 고맙고
찾아와 볼 수 있어서 고마워요

사랑 우산

어머니, 어머니!

걷고 있는 발자국보다 더 많이
메아리치듯 나오는 이름
어머니
아, 내 어머니!

웃음 비

비가 내립니다
그대를 맞으려고 창문을 엽니다
활짝 웃으면서
빗속을 걸어 나오는 그대!

내 안에서
웃음 비가 내립니다
젖은 만큼 행복합니다.

로즈데이

로즈데이에는
좋아하는 사람에게
장미꽃을 선물하지만
나는 오늘
너를 만났으면 좋겠어.

생각만 해도 감미로운 너는
내 안에 핀 장미거든.

보고 싶어서

너무 생각이 많이 나서
커피를 탔습니다.

너무 많이 보고 싶어서
커피를 마시고 있습니다.

그런데 어쩌죠?
더 그립고
더 보고 싶으니.

생각 커피

그대 생각은
하는 것이 아닙니다
나는 것입니다
커피 마시다 알았습니다.

추운 날은

사람들은
날이 추워진 만큼
더 따뜻한 옷을 꺼내고

나는
그리운 만큼
내 안에서 따뜻한
그대 생각을 꺼낸다.

사랑 우산

행복 찾기

혹시 누가
"행복하세요?"라고 물으면
얼른 "예!" 하고 대답하세요.

대답하는 순간
당신에게
행복 하나가 추가될 테니까.

생각의 별

촛불은
어둠을 태워
빛을 만들고
그대 생각은
그리움을 태워
별을 만든다.

생각할수록 더 반짝이는 별을.

입추

당신이 올 줄 알고
기다렸는데
가을이 왔네요.

혹시
당신!
가을인가요?

아버지와 커피

커피를 마시는데
갑자기 아버지 당신이 생각납니다.

내 가슴에
따라갈 수 없는 길을 내고
성큼성큼 걸어가신 당신!

커피 위에 길을 내고
두고 가신 기침 소리마저 그리운
당신을 찾아 나섭니다.

한 발 가면 한 발만큼 물러서고
두 발을 가면 두 발만큼 물러서고
찾아가다 돌아보니
걸어온 발자국마다 아쉬움이 놓였습니다.

당신의 목소리로 아쉬움을 지우고
내 안에 더 선명한
당신 모습 그렸으면 좋겠습니다.

오늘은
아버지 당신과 마주 앉아
그날처럼
커피 한잔 마시고 싶습니다.

당신을 보다가

맑은 눈에 들어갔다 나와
예쁜 코로 내려와
선명한 입술을 지나
가슴으로 풍덩!
사랑에 빠졌습니다.

그때부터
나올 수 없었지만
늘 행복합니다.

사랑 우산

바람 편에 보낸 안부

그대를 그리워할 수 있는
마음이라도
남겨둔 게 고마워
아파도 이렇게
내색하지 않고 살고 있답니다.

바람 편에 안부를 보내며.

당신이 보고 싶은 날

길을 가다
우연히 당신 생각이 났습니다.

꽃을 보고 예쁜 꽃만 생각했던 내가
꽃 앞에서
꽃처럼 웃던 당신 기억을 꺼내고 있습니다.

나무를 보고
무성한 잎을 먼저 생각했던 내가
나무 아래서
멋진 당신을 보고 싶어 하고 있습니다.

바람이 붑니다.
바람에 지워야 할 당신 생각이
오히려 가슴에
세찬 그리움으로 불어옵니다.

사랑 우산

하늘은 맑은데
가슴에서 비가 내립니다.
당신이 더 보고 싶게 쏟아집니다.

보고 나면
더 보고 싶어 고통은 있겠지만
한 번쯤은 당신을 만났으면 좋겠습니다.

살다 보면, 간절한 바람처럼
꼭 한 번은 만나겠지요.
당신 앞에서, 보고 싶었다는
말조차 할 수 없겠지만
그래도 당신을 만나고 싶습니다.

당신이 보고 싶습니다.
참 많이 보고 싶습니다.

이유

지금
이 시간에
당신이 보고 싶다고 하면
잠도 없냐고 하겠지요.

그래요
난 당신 생각밖에 없어요.

사랑·우산

제5장

행
복
레
시
피

하늘 연가

왈칵
하늘이
파란 물감을 쏟았다
나만큼 그리웠는지.

왈칵
그대 생각이
그리움에 쏟아졌다
하늘만큼 보고 싶었는지.

행복 레시피

갈대와 연못

그대가
갈대라 해도 괜찮고
그대가
연꽃이라 해도 좋아.

나는, 어차피
그대를 담고 있는 연못이니까

솟대

솟대가
별 하나를 물고
두리번거리다
땅에 떨어뜨렸다
그 자리에
민들레꽃이 피었다

행복 레시피

커피와 내 생각

그대가 마시는 커피에
내 생각을 넣어주면
쓸까? 달까?
쓰면
부담을 덜어내고
달면
내 생각을 넣어주고.

사랑 쌓기

그리움 허물다 돌아보니
더 많은 그리움만 쌓였군요
내가 정말
그대를 사랑하고 있나 봅니다.

행복 레시피

제일 맛있는 커피집

우리나라에서
가장 맛있는 커피집은?
이곳!

세계에서
가장 맛있는 커피집은?
이곳!

너와 마시고 있는
지금 이곳!

커피의 진심

커피에
하늘을 그리고
산을 그리고
들판을 그리고

강을 그리고
나무를 그리고
꽃을 그리고

그러다 결국
그대 얼굴을 그렸다.

그제야
커피 표정이 밝아졌다.

차를 마시다가

그대 그리운 아침!
찻잔에 꽃잎을 띄웠습니다.

꽃잎에
그대 얼굴이 보입니다.

어제처럼
그대 생각이
꽃잎에 비쳤나 봅니다.

기분에
향기가 납니다.

인연

생각만 해도
늘 기분 좋은 그대!
그대는
전생에 잃어버린
내 한 조각이 아닐까.

소중한 사람

언제부터인가
그대는
내 하루를 여는
소중한 열쇠가 되었습니다.

빈자리

그대 떠난 빈자리에
무엇이든 채워 보려고
정신없이 다녔습니다
그러다 얻은 것은
그대 외에 채울 것은
아무것도 없다는 것!

결국, 자리를 비워둔 채
기다리기로 했습니다.

행복 레시피

일상과 사랑

커피보다
그대 생각이
더 따뜻한 이유!

커피는 일상이고
그대 생각은 사랑이고.

사랑 공식

사랑 공식은
더하기, 빼기
나누기가 아니라고 했지요.

맞습니다
사랑은 알고 보니
저절로였습니다.

저절로 생각나고
저절로 보고 싶고

행복 레시피

행복 레시피

미안해요. 달이 뜬 줄 알았어요. 당신이 꽃으로 피었는데.

안경 너머로 다시 보았어요. 역시 당신은 꽃이었네요.

민들레꽃이 나 대신 달빛에 편지를 적고 있다.

그대 눈빛에 별이 되고 싶다.

가슴에 동그라미를 그렸더니 그대라는 꽃이 핍니다.

당신이 있다는 사실만으로도 가슴에서 따뜻한 바람이 분다.

꽃잎의 진실

오늘 알았습니다
꽃잎은
떨어지는 것이 아니라
내려온디는 것을.

열매 맺을
자기 역할 다했다고
춤까지 추고 있다는 것을.

행복 레시피

바로 너

열 번을 만나면
열 번이 좋고

백 번을 만나면
백 번이 좋고

천 번을 만나면
천 번이, 다
좋을 것 같은 너.

바로
너!

그리움

살아가면서
그리움 한 자락은 있는 것이 좋다.

설령, 그 그리움이
아픈 그리움이라 해도
없는 것보다 있는 것이 좋다.

꽃이 하늘로 보이고
구름이 호수로 보여도
그리움은 있는 것이 더 좋다.

다행히
나에게도 그리움이 있다.
그리움이 되기까지
힘은 들었지만
지나고 나니 아름답다.

그래서
꽃과 하늘도 너
구름과 호수도 너인 내 그리움을
내가 사랑하면서 산다.

그대 앞에서

그대 앞에서
예쁘다는 말을 못 했다.

망설일수록
점점 더 예뻐져서.

행복 레시피

일생에 한 번 피는 꽃

일생에 한 번 피는
꽃이라 해도
나는 지금 꽃을 피우지 않겠네.

그리워하다
그리워하다
그대도 그립다며 마음을 열면
꽃이 되어 가슴에 꽂히기 위해.

군대 간 아들에게 띄우는 편지

아들아!
네가 입영식 하던 날
걸어가는 뒷모습에 눈물이 고여
자꾸 하늘을 보게 했던 아들아!

너를 보내고
네가 없는 빈방을 지키며
숱한 날을 아프게 보냈었지.

이제는 자랑스러운 아들!
믿음직한 아들!
아픔은 그리움에 묻히고
그리움이 다시 그리움을 불러
날마다 더 그립게 만들고 있는 아들!

아프지는 않은지
함께 어울려 생활은 잘하고 있는지

행복 레시피

날마다 바람 편에
편지를 보내고 있단다.

멋지고 용감한 아들아!
네 마음이 우리에게 올 수 있게
우리 마음이 너에게 갈 수 있게
오늘도 그리움으로 길을 만들고
그 길 위에서 너를 기다리고 있겠다.

사랑한다, 내 아들!
사랑한다, 우리 아들.

낙서

창문에 입김 불고
'너'라고 적고 보니
더 적을 게 없습니다.

너면 되니까
나에게는
너 하나면 되니까.

행복을 꿈꾸는 언덕

기다림이 행복으로 느껴지기까지는
되돌리고 싶지 않은 아픈 기억이 있었다.

생각만 해도 좋은 그대가 떠난다고 했을 때
비늘 떨어진 나비들이 담장 밖으로 날아가고
거꾸로 돋은 가시들이 내 안을 찔러댔다.

사랑이란, 나뭇잎처럼
아픈 것을 알면서 보내야 하는 것
거짓이라 해도, 그대가
원한다면 보내 줄 수밖에 없었다.

머물수록 상처만 더 커진다며
사랑은 나를 두고 저만치 멀어져 갔고
기억들은 돌아와
함바식당 작업복처럼 가슴에 걸렸다.

잊는 것이 떠난 사람을 위한 일이라며
모질게 마음먹고 기억들을 벗겨 냈지만
벗길수록 선명하게 다가서는 모습들.

허리 꺾인 일상은 힘없이 거리를 배회하고
아무것도 할 수 없는 무기력은
날 세운 절망으로 내 안을 난도질 해댔다.

더 베일 곳 없는 육신 앞에 절망은 무디어지고
겹겹이 쌓여가는 시간은 모르는 척 지나갔지만
메아리는 처음 만난 날에 동그라미만 칠 뿐.

힘겹게 그해 여름이 가고 가을이 가고
새로운 한 해가 더 지나길 여러 차례
이제는 기다림이 행복을 꿈꾸는 언덕.

언젠가 돌아오겠지
시들지 않게 마음 적셔 맞아야겠다며
언덕에 싱싱하게 뿌리 내릴 집 한 채 짓고
아름다운 흔적들로 울타리를 만들었다.

행복 레시피

강 떠난 연어가 강으로 돌아오면
내색하지 않고 기다리던 강물이 가슴을 열듯
내 곁을 떠난 그대가 돌아오면
꽃 그리움 깔아두고 행복으로 맞을 거야.

마음을 열어둔 채, 오늘도
내 안으로 마중 나갔다가
언덕에 그리움만 걸어 두고 돌아온 오후.

12월의 선물

나를 위해 애쓴 11월을 보내니
12월이 웃고 다가섭니다.

이제 이 한 달은
새해 맞을 준비에 바쁠 테고
한 해를 보내는 아쉬움도 많을 테지요.

그럴수록 여유를 갖고
잊고 지낸 사람들에게 안부를 물어야겠어요.

가슴 찡한 감동을 담아
고마운 사람에게 마음을 전하는 것도 좋고
어려운 이웃을 돌아보는 것도 괜찮겠지요.

부지런히 달려온 내 일 년이
일생의 튼튼한 주춧돌이 될 수 있게
기분 좋은 마무리를 해야겠어요.

행복 레시피

12월이 나처럼 행복하게
내가 12월처럼 행복해지게.

사랑하게 하소서

사랑하게 하소서
서로가 서로를 사랑하게 하소서
그 사랑이 조건 없는 사랑이게 하소서.

아름다운 꽃이 피는 신부가 되고
빛 고운 향기가 나는 신랑이 되어
서로에게 필요한 사랑이 되게 하소서.

힘들 때는 의지하는 언덕이 되고
기쁠 때는 마음을 나눌 수 있는
결 고운 사랑이 되게 하소서.

여름에는 시원한 산들바람이 되고
겨울에는 따뜻한 햇살이 되어
먼저 베푸는 사랑이 되게 하소서.

행복 레시피

받는 사랑보다 주는 사랑
배려하며 더 큰 행복을 느끼는
아름다운 사랑이 되게 하소서.

사랑문이 활짝 열리고
사랑 속에서 아름다운 보금자리를 수놓는
행복한 부부가 되게 하소서.

두 분의 사랑이 영원히 이어져서
서로의 선택이 잘했다는 생각을 할 수 있게
아름다운 사랑 속에서 행복으로 머물게 하소서.

오늘은 축복의 날!
사랑합니다.
축하합니다.

· 시집 발간에 도움 주신 분 ·

– 교정지원 정순임
– 화가 원은희, 우선희
– 캘리작가

강경애	김윤희	반은연	이미례	조향옥
강수경	김은영	방계선	이미영	정은영
권유희	김주숙	배윤희	이미향	전은주
김기남	김태하	백미경	이랑주	차해정
김미영	남궁정원	송향미	이순연	최이정
김민희	문혜숙	신원자	이영희	현혜경
김복자	민병금	안경희	이정순	황경희
김선아	박경신	어선미	염남교	
김선희	박미자	오미선	임옥례	
김영섭	박종미	오애경	임혜란	
김윤정	박현주	유한나	임용운	

– 이야기터 휴(休)
– 우이동 백란
– 영화제작사 볼미디어(주)

시집을 읽으면서 행복했던 시를 옮겨 적어
행복을 나누고 싶은 분께 선물해 주세요.

세상에 그런파는
꽃은없다 사랑처럼

'행복에너지'의 해피 대한민국 프로젝트!
〈모교 책 보내기 운동〉

대한민국의 뿌리, 대한민국의 미래 **청소년·청년**들에게 **책**을 보내주세요.

    많은 학교의 도서관이 가난해지고 있습니다. 그만큼 많은 학생들의 마음 또한 가난해지고 있습니다. 학교 도서관에는 색이 바래고 찢어진 책들이 나뒹굽니다. 더럽고 먼지만 앉은 책을 과연 누가 읽고 싶어 할까요?
    게임과 스마트폰에 중독된 초·중고생들. 입시의 문턱 앞에서 문제집에만 매달리는 고등학생들. 험난한 취업 준비에 책 읽을 시간조차 없는 대학생들. 아무런 꿈도 없이 정해진 길을 따라서만 가는 젊은이들이 과연 대한민국을 이끌 수 있을까요?

    한 권의 책은 한 사람의 인생을 바꾸는 힘을 가지고 있습니다. 한 사람의 인생이 바뀌면 한 나라의 국운이 바뀝니다. **저희 행복에너지에서는 베스트셀러와 각종 기관에서 우수도서로 선정된 도서를 중심으로 〈모교 책 보내기 운동〉을 펼치고 있습니다.** 대한민국의 미래, 젊은이들에게 좋은 책을 보내주십시오. 독자 여러분의 자랑스러운 모교에 보내진 한 권의 책은 더 크게 성장할 대한민국의 발판이 될 것입니다.

    도서출판 행복에너지를 성원해주시는 독자 여러분의 많은 관심과 참여 부탁드리겠습니다.

도서출판 **행복에너지** 임직원 일동
문의전화   0505-613-6133

일상의 언어로 노래하는 따뜻한 시구가
독자들에게 따뜻한 커피 한 잔이 되기를 희망합니다!

- 권선복
도서출판 행복에너지 대표이사

'따뜻한 커피 한 잔'이라고 하면 어떤 이미지가 떠오르나요? 밤을 새워 일해야 하는 어려운 과제에 부닥쳤을 때 긴긴 밤을 함께 해주는 친구? 늘 같은 일상 속 잠깐의 휴식과 전환을 주는 따뜻한 동반자? 어느 쪽이든 한 잔의 커피는 많은 이들에게 작은 휴식과 힐링을 제공하며, 한국인이 가장 사랑하는 기호음료로서 많은 이들에게 애용되고 있는 것은 모두가 알고 있는 사실입니다.

시집 『세상에 그저 피는 꽃은 없다 사랑처럼』의 저자 윤보영 시인은 스스로를 '커피 시인'이라고 소개합니다. 이러한 자기소개처럼 시인의 시에는 '커피'가 유난히 자주 등장합니다. 많은 이들이 일상적으로 즐기는 커피 한 잔처럼 많은 사람들의 가슴 한쪽을 따뜻하게 덥혀 주길 바라는 작가의 마음으로 해석될 것입니다.

윤보영 시인의 시는 일상적이지만 감성이 살아 있습니다. 극단적인 상황이나 특별한 묘사, 어려운 시어를 사용하지 않지만 그 속에 담긴 짧으면서도 강렬한 발상과 표현이 보는 이의 마음을 강하게 끌어당깁니다. 우리가 흔히 겪는 상황과 자연스럽게 내놓는 말을 시구로 활용하면서도 톡톡 튀는 발상으로 무릎을 탁 치게 합니다. 누구나 살면서 일상적으로 경험하는 감정들을 통해 공감과 함께 소통 공유 배려와 감사를 느끼게 하는 마력이 있습니다.

시는 인간의 언어로 만들어내는 가장 정제된 예술이라고 이야기합니다. 하지만 그런 시의 속성 때문에 시를 어려워하고, 기피하는 사람들도 적지 않게 존재합니다. '커피 시인' 윤보영 시인의 시집 『세상에 그저 피는 꽃은 없다 사랑처럼』은 시는 결코 우리의 손이 닿지 않는 세계만을 노래하는 것이 아니며, 우리가 일상에서 경험하는 모든 감정이 시의 재료이자 시 그 자체라는 것을 우리에게 일깨워 줄 것입니다.

일상의 언어로 우리의 가슴을 두드리는 윤보영 시인의 이번 시집이 추운 겨울밤 창가에 앉아 즐기는 한 잔의 따뜻한 커피 향기로 많은 이들에게 선한 영향력과 함께 힘찬 행복에너지를 전파해 주기를 기원 드립니다.

'행복에너지'의 해피 대한민국 프로젝트!

<모교 책 보내기 운동> <군부대 책 보내기 운동>

한 권의 책은 한 사람의 인생을 바꾸는 힘을 가지고 있습니다. 한 사람의 인생이 바뀌면 한 나라의 국운이 바뀝니다. 그럼에도 불구하고 많은 학교의 도서관이 가난하며 나라를 지키는 군인들은 사회와 단절되어 자기계발을 하기 어렵습니다. 저희 행복에너지에서는 베스트셀러와 각종 기관에서 우수도서로 선정된 도서를 중심으로 <모교 책 보내기 운동>과 <군부대 책 보내기 운동>을 펼치고 있습니다. 책을 제공해 주시면 수요기관에서 감사장과 함께 기부금 영수증을 받을 수 있어 좋은 일에 따르는 적절한 세액 공제의 혜택도 뒤따르게 됩니다. 대한민국의 미래, 젊은이들에게 좋은 책을 보내주십시오. 독자 여러분의 자랑스러운 모교와 군부대에 보내진 한 권의 책은 더 크게 성장할 대한민국의 발판이 될 것입니다.